ÉTRENNES AUX PAUVRES

DE

LA VILLE DE CONDRIEU

LE

DIEU DU RHONE

A NAPOLÉON III

Après la nuit du 31 Mai 1856.

Poésie.

—

Prix : 40 centimes.

—

LYON

IMPRIMERIE D'AIMÉ VINGTRINIER
Quai Saint-Antoine, 36.

—

1858

ÉTRENNES AUX PAUVRES

DE LA VILLE DE CONDRIEU

ÉTRENNES AUX PAUVRES

DE

LA VILLE DE CONDRIEU

LE

DIEU DU RHONE

A NAPOLÉON III

Après la nuit du 31 Mai 1856,

Poésie.

—

Prix : 40 centimes,

LYON

IMPRIMERIE D'AIMÉ VINGTRINIER,
Quai Saint-Antoine, 36,

—

1858

Du sein de l'onde écumante
Quel monstre va s'élancer?
Ecoutez sa voix grondante...
Voyez le flot s'avancer....
Est-ce de la mer profonde,
Où le fleuve perd son onde,
Qu'il accourt impétueux ?
La vague rapide aborde,
Et du fleuve qui déborde
Sort le Dieu majestueux !

Comme un grand roc immobile
Entre deux bruyants ruisseaux,
Lyon, tu dormais tranquille
Dans le tumulte des eaux.

Sur toi déployant leur ombre,
Des nuages au teint sombre
Couraient chassés par le vent ;
Et sur tes places désertes,
Les sentinelles alertes
Criaient : qui vive ! au géant.

Mais sans détourner la tête,
Le colosse échevelé
Marche encore et puis s'arrête
Près d'un marbre ciselé.
Grand roi, d'illustre mémoire,
Près de l'autel de ta gloire,
Reposant son déshonneur,
L'infortuné dieu du Rhône,
A l'héritier de ton trône,
Vient raconter son malheur.

Il a dit, et sur le marbre
Qui porte Louis-le-Grand,
On le voit, comme un vieil arbre,
S'appuyer d'un air souffrant.
Sur son corps, quel assemblage
De fruits, de fleurs, de feuillage !
Le blé vert et le roseau
Et la vigne encor nouvelle
S'entrelacent pêle-mêle,
Dégouttant la boue et l'eau.

Tombant par faisceaux humides,
Devant lui, ses cheveux blancs,
En mille filets liquides,
S'épanchent près de ses flancs ;
Et sur le sein qu'elle étouffe,
Egouttant sa blanche touffe,
Sa barbe, en replis soyeux,
S'allonge majestueuse,
Et sa tête soucieuse
Penche à terre ses grands yeux.

De sa poitrine haletante
Voyant l'orage finir,
Le dieu, la bouche béante,
Pousse un lugubre soupir.
Avec lenteur et tristesse
Sa tête alors se redresse
Vers l'hôtel de l'Empereur,
Et, d'un accent lamentable,
Sa voix rauque et formidable,
Exhale ainsi sa douleur :

Illustre souverain, empereur magnanime,
Dont le bonheur du peuple est la tâche sublime,
De quel ardent frisson a tressailli ton cœur,
Quand, du Rhône annonçant la croissante fureur,

Est tombée au palais la sinistre nouvelle
Que tout cédait au choc de ce fleuve rebelle.
Au sein des inondés, prompt à les secourir
Des marches de ton trône, on te voit accourir
Sans faste sans éclat, plein d'une noble audace,
Dans des flots de vapeurs, tu dévores l'espace
Et bientôt dans Lyon, invisible et sans bruit,
Napoléon descend à l'ombre de la nuit.
Ainsi l'astre du jour, voilé par les nuages,
Se couche dans les flots battus par les orages.
O ville infortunée, à ton prochain réveil,
Ton empereur, pour toi, sera plus qu'un soleil.
Il te surprend au lit, comme hier la tempête,
Mais au lieu d'un désastre, il t'apporte une fête.
En voyant de ses traits l'auguste majesté,
Que tempère un reflet de sereine bonté,
Tu vas, des jours passés oubliant la détresse,
Faire de ton malheur un sujet d'allégresse.
De mille cris joyeux, répétés mille fois,
Je t'entends étouffer sa consolante voix ;
Et quand aux inondés, sans foyer, sans asile
On répand l'or partout à ses ordres docile,
Je te vois souriant, les yeux mouillés de pleurs,
Le porter en triomphe et le charger de fleurs.
C'est alors, Empereur, qu'à ta vue attendrie
Le désastre qu'a fait le Rhône en sa furie,
De restes, de débris, sortant du sein de l'eau,
Présentera partout le désolant tableau,
C'est alors qu'éloignant une joie importune,
Pour ne voir en ces lieux que leur triste infortune,

Tu pourras, étonné de ce débordement,
T'en rétracer l'horreur dès son commencement.
O nuit ! affreuse nuit ! ô nuit épouvantable,
Où fondit tout-à-coup ce déluge effroyable ;
De trouble et de terreur tous mes sens éperdus,
Dans un honteux désordre, en sont là confondus.
Ni ma voix, ni mes bras, opposant leur barrière,
De mon fleuve n'ont pu comprimer la colère ;
Entraîné dans son cours, moi son dieu, moi son roi,
Comme un faible jouet, j'ai courbé sous sa loi.
Mais que pouvaient aussi ma force et mon courage ?
Lui seul pouvait briser leur invincible rage,
Ce Dieu plus fort que moi, ce Dieu de tous les dieux,
Qui conduisait alors mes flots victorieux.
Spectateur impuissant de leur assaut terrible,
Je viens t'en raconter le résultat horrible,
Et préparer ainsi tes esprits affligés
Au spectacle effrayant de mes bords submergés.
Debout sur le sommet de cet amas de terre
Qui s'élève au Grand-Camp pour les jeux de la guerre,
Abreuvé de chagrin, de pleurs et de regrets,
J'observais de mes flots les alarmants progrès.
Il était nuit... Jamais de cette nuit célèbre
Je n'oublirai l'aspect désolant et funèbre !
Des nuages épais, comme autour d'un cercueil,
Tendaient à l'horizon leur noir manteau de deuil ;
Où, le long des coteaux, en nébuleuses franges,
Les brouillards suspendaient leurs humides phalanges.
Et, comme enseveli sous ce triste appareil,
Lyon, non loin de moi, se tenait sur l'éveil.

De ses quais submergés, mille clameurs naissantes
Se mêlaient au bruit sourd des vagues mugissantes,
Et partout, éclairant les regards attristés,
Des torches promenaient leurs sinistres clartés.
C'est ainsi dans un temple, aux grands jours funéraires,
Que brillent les flambeaux sur les draps mortuaires,
Et que les roulements des orgues du saint lieu
Couvrent les chants plaintifs des ministres de Dieu.
Partout de mon côté les oreilles craintives,
Présumant un revers, se tournaient attentives,
Là, des flots courroucés arrêtant la fureur
Une digue étendait son cordon protecteur.
Au loin que de maisons, derrière elle abritées,
De son sort incertain veillaient inquiétées !
Mais aussi que de bras, pour leur défense armés,
Cherchaient à rassurer les esprits alarmés !
Je vous y vois encor, soldats bouillants d'audace,
Le long de ce rempart que mon fleuve menace !
Aux clartés des flambeaux illuminant ses bords
Je vous y vois, faisant d'héroïques efforts,
Sans trève ni repos rivaliser de zèle,
Manier tout à tour et la hache et la pelle,
Courir sur tous les points, de pieux les étayer,
Et les charger de terre et de pesant gravier ;
Et toi de ces héros, toi le chef et le guide,
Je t'y vois, ô Kleitz, d'un sang-froid intrépide,
Les conduire toi-même au poste du danger,
Surveiller leurs travaux et les encourager.
J'entends encor ta voix donner son dernier ordre,
Quand soudain, au milieu d'un effrayant désordre,

Mille cris de détresse éclatant dans les airs,
Donnent l'affreux signal d'un terrible revers,
Fuyant sur le rempart loin du lieu qui succombe,
Et, sous leurs pas pressés croyant trouver leur tombe,
Le chef et les soldats, vaincus avec honneur,
Regardent triompher leur inhumain vainqueur ;
Tel serait de lions un troupeau formidable,
Déchaînant sur un parc leur fureur indomptable.
A la barrière, en vain, le pâtre se défend,
Tout cède à l'ennemi qui bondit triomphant.
Telle alors de mes flots l'armée impétueuse,
Vers le point qui chancelle accourant orgueilleuse,
De sa chûte soudaine engloutit les débris,
Et roule son torrent dans les champs envahis.
A ce moment fatal, éveillant mon courage
De la butte du camp je m'élance à la nage,
Insensé ! je comptais sur ma divinité,
Et flattais du succès mon orgueil irrité.
Au milieu du torrent, j'arrive, je me dresse,
J'agite l'aviron, je lutte et je m'empresse.
« Arrêtez-vous, criais-je, arrêtez-vous, mes flots !
Et suspendez le cours de vos affreux complots ! »
Mais la vague à ma voix de plus en plus enflée,
Battait insolemment ma poitrine essoufflée.
N'écoutant que ma rage et que mon désespoir,
Brisant mon aviron et, pour ne plus le voir,
En jetant à mes flots ses inutiles restes :
« Ajoutez, m'écriai-je, à vos exploits funestes,
Ajoutez ces débris, infâmes ravisseurs !
Qu'avez-vous fait des fruits ? qu'avez-vous fait des fleurs

Qui me ceignaient le front d'une riche couronne ?
Mon sceptre me restait... tenez, je vous le donne,
Je vous le livre aussi, votre Dieu désarmé
Charriez à la mer son corps inanimé.
Oui, si je puis mourir, arrachez-moi la vie,
Pour ne plus voir vos coups et votre perfidie. »
A ces mots, renonçant à faire aucun effort,
Je roule dans les flots pour y chercher la mort ;
Mais sur leur dos fumant les flots portant ma tête,
La forçaient d'assister à l'horrible tempête.
Le reflet des flambeaux dans les airs ténébreux,
Me laissait entrevoir ce tableau désastreux,
Devant moi, du torrent l'avant-garde perfide,
Sans ralentir l'élan de sa marche rapide,
Par d'insignes forfaits, signale sa fureur,
Le blé dont les épis charmaient le laboureur,
Le mûrier dont le ver attendait sa pâture,
Le cep dont tant de soins entouraient la culture,
Les arbres des vergers, portant leurs jeunes fruits,
Du même coup frappés, du même coup détruits,
Abaissent dans ses flots leurs têtes verdoyantes,
Et lui cèdent bientôt leurs dépouilles vivantes,
A sa suite entraînant ce précieux butin,
Dont une armée entière aurait fait son festin,
Je la vois arriver au faubourg des Charpennes.
A leurs coursiers fougueux lâchant toutes les rênes,
Accourt en même temps, du côté de Lyon,
D'alertes cavaliers un rapide escadron ;
Il franchit le faubourg et, de ses voix amies,
Jette, en passant, l'alarme aux maisons endormies.

Je vois alors des feux l'inquiète clarté,
On s'agite, on veut fuir, on reste épouvanté :
De l'eau, partout de l'eau qui bouillonne et se presse ;
Elle est dans les maisons... On se hâte, on s'empresse
De monter un étage ou de courir aux toits,
Et d'élever au ciel de suppliantes voix.
Plus loin, Vaux, la Villette, et plus loin Villeurbanne,
Subissent tour à tour le sort qui les condamne.
A peine réveillés, le terrible élément,
Les enlace aussitôt de son flot écumant.
Plus loin à gros bouillons, poussant sa masse altière,
Il submerge au midi l'antique Guillotière,
Immole à son courroux ses riants alentours,
Et dans le fleuve, enfin, précipite son cours.
Mais là je ne suis point sa marche vagabonde :
Rejeté de son sein comme une épave immonde,
Brisé, meurtri de coups, sanglant et demi-mort,
Je me laisse échouer sur le glacis d'un fort,
Où, du désastre, après, mesurant l'étendue,
Mon âme, en gémissant, regarde confondue.
Ce n'est plus un torrent, c'est un fleuve nouveau,
La plaine a disparu sous cette nappe d'eau.
Balançant au-dessus leurs cimes téméraires,
Les peupliers ont l'air de cyprès funéraires ;
Les maisons dans les flots, luttant contre leur sort,
Me semblent les tombeaux de ce grand champ de mort.
Dans les mille clartés que font les flambeaux pâles,
Je crois voir un essaim de flammes sépulcrales,
De ses langues de feu, léchant les tourbillons,
Sur le gouffre, tracer de lumineux sillons.

Et dans ce long concert de plaintes gémissantes,
Qui s'élève du sein des ondes mugissantes,
Je m'imagine entendre, égaré par mon deuil,
Les voix de mille morts s'éveillant au cercueil.
Redoutable Achéron, sur tes fatales rives,
On n'entendit jamais des voix aussi plaintives !
Et vous, pâles humains que la vague a surpris,
Je ressens vos douleurs, en écoutant vos cris.
Sur les frêles planchers, sous les toits où vous êtes,
Qui tremblent sous vos pieds, qui craquent sur vos têtes,
Il me semble, avec vous partageant vos terreurs,
De deux morts à la fois endurer les horreurs.
C'est alors qu'à genoux, prosternant ma colère,
Au Dieu qui m'a vaincu j'adresse une prière !
Mais loin de m'écouter il me laisse à genoux
Considérer des flots l'implacable courroux,
Et moi, pour ne plus voir les tristes agonies
De ces infortunés lui disputant leurs vies,
Dans le sable j'allais me creuser un tombeau,
Quand soudain, maîtrisant les tourbillons de l'eau,
Sous les coups mesurés de leurs rames habiles,
Volent à leur secours mille barques agiles.
Ranimé par l'espoir, je laisse alors mes yeux,
Admirer, inquiets, ce drame audacieux.
Qu'ils étaient beaux à voir, Empereur magnanime,
Ces hommes qui, saisis d'un dévoûment sublime,
Poussaient aux inondés ces barques de salut,
Vois-les tous avec moi, pour atteindre leur but
Au milieu des écueils et des courants rapides
Cent fois braver la mort en héros intrépides.

A l'avant des bateaux, la résine et la poix
Éclairent tristement leurs généreux exploits.
Mais que fait aux héros le soleil ou bien l'ombre ?
Leur courage reluit dans la nuit la plus sombre.
Vois-les plus loin encore, à la rouge lueur
De ces flambeaux sanglants, escalader sans peur
Ces maisons dont le fleuve en ses froides entrailles,
Ebrèche avec ardeur les fragiles murailles,
Embarquer à la hâte hommes, femmes, enfants,
Et dans des lieux plus sûrs les mener triomphants,
Pendant que derrière eux les vagues courroucées
Une à une émiettant les maisons délaissées,
De leurs toits, de leurs murs, de leurs meubles détruits,
Engloutissent partout les éclatants débris.
Écoute le fracas de cette orgie affreuse !!
Et quand, de cette nuit bruyante et désastreuse,
Le jour a dévoilé les terribles secrets,
Avec nous, Empereur, confondant tes regrets,
Vois ce fleuve nouveau traînant, sur des ruines,
Les restes disloqués de ses folles rapines,
Et le long de ses bords, leurs maîtres dépouillés,
Les regardant passer avec des yeux mouillés.
C'est là qu'ils sont encor, sans foyer, sans ouvrage,
Au milieu des débris arrachés au naufrage,
Du pain qu'on donne au pauvre ils apaisent leur faim,
Et cherchent dans le ciel un regard plus humain.
Quelques-uns, Empereur, plus chargés d'infortune,
Pleurent des mêmes yeux leurs amis, leur fortune !
Dans un commun tombeau le flot les a fermés,
Ces meubles si coûteux, ces êtres tant aimés !

A leur deuil affligeant, à leur noble indigence,
Il faut, tu l'as compris, ton auguste présence !
Qu'ils seront consolés, ces sujets malheureux
Quand, sensible à leurs maux, ils te verront près d'eux
Leur donner un regard ou bien une parole,
En leur mettant aux mains une première obole.
Avec un juste orgueil ils admirent dans toi
Le prince, l'Empereur, le monarque, le roi,
Et maintenant, ô sire ! ils aimeront le père,
Qui met tout son bonheur à guérir leur misère.
Viens donc, auguste père, en semant tes bienfaits
Recueillir sur mes bords l'amour de tes sujets ;
Ce présent, à son roi quand un peuple le donne,
Mieux que tous les diamants illustre sa couronne.
Pour moi, qui n'ai plus rien qu'un titre sans pouvoir,
Je retourne à mes flots en emportant l'espoir
Que bientôt, par tes soins, défiant la tempête,
Je goûterai la paix d'une oisive retraite,
Et qu'en me promenant sur ces bords refleuris
Je reverrai les Jeux, les Plaisirs et les Ris.

A. G.